一切诗

叶子曰　著

浙江少年文学新星丛书·第五辑

海飞　主编

四川大学出版社

责任编辑:成　杰
责任校对:杨丽贤
封面设计:天恒仁文化传播
责任印制:王　炜

图书在版编目(CIP)数据

一切诗 / 叶子曰著. —成都：四川大学出版社，
2018.10
（浙江少年文学新星丛书. 第五辑）
ISBN 978－7－5690－2509－5

Ⅰ.①一⋯　Ⅱ.①叶⋯　Ⅲ.①诗集－中国－当代
Ⅳ.①I227

中国版本图书馆 CIP 数据核字（2018）第 238997 号

书名	一切诗
著　　者	叶子曰
出　　版	四川大学出版社
地　　址	成都市一环路南一段24号 (610065)
发　　行	四川大学出版社
书　　号	ISBN 978－7－5690－2509－5
印　　刷	成都市兴雅致印务有限责任公司
成品尺寸	145 mm×210 mm
印　　张	7
字　　数	138 千字
版　　次	2018 年 11 月第 1 版
印　　次	2018 年 11 月第 1 次印刷
定　　价	35.00 元

◆读者邮购本书,请与本社发行科联系。
电话:(028)85408408/ (028)85401670/
(028)85408023　邮政编码:610065

◆本社图书如有印装质量问题,请
寄回出版社调换。

◆网址:http://press.scu.edu.cn

原名叶凌潇，男，2008年8月出生，目前就读于浙江省苍南县灵溪镇第六小学四年级。7岁开始写诗，作品见于《少年诗刊》《南方文学》《钟山》等刊物，已出版诗集《变》（译林出版社）。目前正在尝试小说创作。

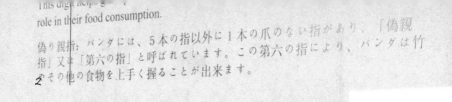

role in their food consumption.

偽り親指：パンダには、5本の指以外に1本の爪のない指があり、「偽親指」又は「第六の指」と呼ばれています。この第六の指により、パンダは竹その他の食物を上手く握ることが出来ます。

PANDA

2016年8月在成都大熊猫繁育基地

究基地
PANDA BREEDING

9 周岁生日和爸爸在一起

2018 年春节在我的故乡"天堂村"

2015 年 10 月在有故事的浦亭山

2016 年 8 月在诺尔盖草原

2017 年 8 月 "文化苦旅" 邯郸行

2017 年 8 月在"庄子故里"的偶遇

2018 年 3 月在"美雅地"大操场

2016 年 8 月在 "人间天堂" 九寨沟

2017 年 5 月在玉苍山

十周岁生日在西湖边

2017 年 7 月在沐风书院

代序

告儿子书

那些波浪过去
那些波浪过去
那些波浪过去，有一个窝
一分钟的阳光足以铺开太平洋
全世界的油彩
让你一个人用尽

孩子，你就像一张白纸
尚未用线条勾勒美好的天空
尚未叫妈妈，尚未发育出稚嫩的闽南语口音
尚未上学，尚未学会修改期末考卷的分数

尚未学会打扮，尚未学会在一棵树下流泪

尚未爱得死去活来

尚未有绯闻，尚未登上报纸头条

尚未学会给我写信

尚未成为我的一缸美酒

——我不想冒充任何人，只想与你共饮

尚未学会坏习惯、发脾气以及用本地话骂人

你尚未生病，一个随时会弄出声响的躯体，尚

    未装上弹簧

你尚未接受，尚未拒绝

尚未学会敬重生命的作者

尚未学会感叹："十年十年，如此如此！"

尚未锄禾日当午

尚未理解人生其实就是一缕青烟，不是炊烟

尚未确定理想

你尚未接受美德教育

尚未与灵魂结伴而行

尚未学会深深鞠躬

在我的身后说："作为人，我从不奢求什么！"

我的族谱里已有了儿子

作为一个传后人——村史的作者

他谦虚地诞生

在我的后面

（世界尚未做好准备
我的怀抱已经战栗！）

孩子，我们是一条穿过岁月的河流
上天不会让一条河流
变得没有去处

孩子，你得感谢昨天
前天以及前天以前
（三天如三页书
一翻就过去了
装订成册，足以把人生垫高半厘米）
你得感谢瓷实的24小时
感谢幸福的分针
踏实的秒针
你得感谢出生的那一刻，感谢永恒
然后向泥土要艺术品
孩子，你还可以朝天空嚷嚷
天空就是你的极限
一颗星足以让你失魂落魄
转不过身来

若干年后，孩子你可以这样问
"为什么账本上的数字价值上千万
哪里停顿一下，问题大了

4

为什么鱼刺卡住了我
还会记住鱼的滋味，甚至生活
在盘子里游来游去的现实
为什么电话通了一半就开始断线
思念漏在途中了
把单身的人绊了一地？"

为什么问题总是一个接着一个
小时候辨认钥匙的情况
今天还在发生

孩子，你可以
提前把一生的问题问完
我将用一生来回答
我犯下的错误
无法更改
我的名字
刻在石头上不算，还要亲自起身
擦拭不太干净的灵魂
孩子，原谅我离开你们
人间走一遭
换了身子
换了身世
人世辽阔
你，作为天空的一部分

作为飞机
要把自己磨成一个浑身发光的邮差
它大都会带来好消息
有时也会让一些针出现在皮肉里
总之，人生没有尽头——最多只是在世界的尽头
倒退

孩子，总有一天
我不能伴你高飞
如此无助！我只是朝天空张望又张望
也许，天空上面有一双大手忙碌着
最终让一架飞机消失
在消失里

孩子，你做的事情以及说话的语气
跟爸爸没有什么区别

孩子，一首诗写完
父亲的嘴唇已经抖动，这个清晨
跟着抖了一下

叶晔2018仲夏重改旧诗《致子曰》

内容简介

　　《一切诗》是十龄童叶子曰的诗集，一共分七辑，分别是：当"1"成为"2"、当你拥有鲜花时、我有足够的时间、做时间的孩子、自然的暗示、早先生的野餐、时间流程。收入诗作近200首，均为2016年3月至2018年5月所作。作者以孩子纯粹而独特的视角，思辨时间、童年、自然界以及传统与历史，创造了一个属于自己的人文世界，值得我们深思。

目录

第二辑　当你拥有鲜花时

第四辑　做时间的孩子

第七辑　时间流程

第一辑

当“1”成为“2”

我们的年龄

大树的年龄，是年轮记的

爸爸说，河流的年龄是河床记的

它有九十九个弯

和一个入海口……

那石头的年龄是石头自己记的吧

我的年龄是爸爸来记的

年龄最大的，我认为还是恐龙化石之类

其实还不是它们

是我们唯一的地球，不

是宇宙

——比宇宙更古老的是"古老"这两个字

凌晨四点时

凌晨四点钟

听到屋檐下的小鸟在叫（叽叽……）

我判断

它们讨论今天会发生什么事

下雨、下雪……

总不能每天都这样过吧

南方在哪里

去找南方

可不是那么容易

跟大雁走

大雁说，不是你说的南方

我们问了所有的动物

都说不是那个南方

动物走的是西南

——就是这里了，不想走了

那是云南人民住的地方

还有国境线

动物会走到外国去吗

我找的是东南

那是长江去的地方呀，你看这浪多大

那是大海呀

那是我的故乡，故乡呀

自然规律

（1）

子曰：自然规律……

让一朵独自的花长吧

我是企业家

自然要人拥护

让世界变自然吧

有爱心的读者让世界自然吧

（2）

子曰：花草有自己的自然规律，人……

花平

草平

天下平

自然规律、自然规律

为什么不为历史精彩呢

求平等呢

等待

（3）

自然规律

孔子为师

子曰：花凋无，草枯再生……

花凋谢是正常的

树被雷电劈倒是正常的

而飞机爆炸是意外，它坠落在地

又一次

他撑着降落伞

回来

故乡见闻录

（1）

那片落下来的叶子

是老人吧

他的背已经软了

远远地踏上了天阶

走远了

他还会回来

再吼一声

（2）

只见这片叶子在飘

这也是最后一片叶子了

这棵树的生命也结束了

回想以前……

（3）

一个老人

在我的故乡

他就是我的爷爷

在美丽的人间

他飞了起来

爷爷快教我

不，他已经上了天堂

人生就这么一次

（1）

人生就这么

五次放气球

三次买玩具……

只有什么

是一次的

我一辈子就只吃一次炸鸡

我就像一只炸鸡这么死去

时间过去了

我也快死了

人生就这么一次……

每天干的事

都要记下

这是一辈子的事

直到最后一刻

人生就这么一辈子

读这首诗就这么一次

就这么一次

就这么一次

就这么一次

我就是那么苦

（2）

人生就这么一次

我想和彩虹握握手

我想和小溪交朋友

我想和蒲公英一样飞扬，四海为家

我想和蚂蚁对话

我想回到爸爸的小时候

找爸爸的影子

我想跑到妈妈的肚子里

看看小时候生活过的地方

我想邀请镜子里的我一起……

一个人有点孤单

比我早

（1）

一个鸡蛋

裂开了

会成为我的祖先吗

他是一个"小盘古"

在里面待闷了

谁用大斧把鸡蛋劈开

像爷爷的喊声

——这片小小混沌成了宇宙

（2）

悠久的历史

比我早

那里的自己说

"月亮里有我的子孙哦！"

十年

（1）

已经十年了

城内一片空虚

只有一滴眼泪

永远留着

叹，谁正在叹气

里面很少有人的声音

（2）

扔进废墟的一切

都成了火里的灰

在这个世界上

就没发生过

这些去年的事

早已在人的脑中擦出

只是幻想

以前的事

过去了

但是

在这里有小小的标记

当"1"成为"2"

（1）

当时

森林，已经成为火海

只能把"1"变成"2"了

小鸟饥饿地摸了摸肚子

已经三天没吃了

就像船没有木板

一切都过去了

（2）

一声雷

爸爸有了一个孩子

"1"已经成为"2"

我留下了父亲的脚印

——他有了一个孩子

不再孤独

一阵拍手声

还是正在哭泣

孩子的泪水湿透了爸爸的衣服

这是自己的儿子啊

泪水也流到了爸爸的眼眶里

爸爸不再孤独

写给未来的一封信

（1）

我的未来是什么样的呢

我想知道

我的未来是糖果吗？我不能瞎想了

但是，我的未来到底是什么样

未来是不是跟现在一样

如果一样，我现在在写作

未来的我也在写作

我怎样写，未来的我也这样写

这个谜就解开了，读者们再见

（2）

未来长什么样子

黑洞吼出叫声

我明白了

是未来的我在呼唤

神奇的事发生了

在小路边

发现了未来的我

是从黑洞里跑了出来

他叫了声

爷爷

他跑出来了

像对双胞胎

不

一个模样

（3）

未来的事

不知道

就让黑洞跑出一个自己

未来的一封信

坐着

仿佛又有了一个自己

迎新送旧

第二辑

当你拥有鲜花时

飞机飞到月亮里去了

月亮是什么样的，我还没见过

爸爸说我三岁时，说了一句飞机飞到月亮里去了

爸爸整整感动了三年

我现在八岁

爸爸说错了，应该是五年

我不知道

爸爸为什么感动那么久

飞机真的能飞到月亮吗

不

飞鸟才能，不

我要长出一对大翅膀

地球有多大

地球想知道自己有多大

地球问土星，我到底有多大

土星的回答比较怪——答案在你身上

地球在身上找啊找，找到了大地

大地说，我大得惊人

找啊找，找到了大海

他们都姓大

大海说，我用海水打败你

找啊找，地球说

我找到了自己

说着，地球走了

世界地图

世界地图里有多少国家

有多少洲

有多少洋

大家知道有几个海吗

哈哈，我也不知道

大家知道世界上有恐龙吗

有

大声点

有

哦，我听到了

哈哈，我就是地图上的恐龙

忍不住吼一声

星星为什么是一点点

星星为什么是一点点，我知道

是谁

是我，是你

这是什么原因

星星离地球太远了

原来是这样

作为报答

我就吃了你

其实，我只是一双眼睛

嘻嘻

新华字典

新华字典那么厚

字是那么多

我正在读

新华字典是那么好看

字是那么小

我们继续看新华字典的内容吧

我要把它变成一个洲那么大

全世界的人都可以看到

里面的科学

里面的诗歌

里面还有很多很多的开心果

妈妈为什么生下我

妈妈为什么生下我

为什么我是我

妈妈说

生下我的那一刻是2008年8月11日11点37分（不

知道几秒）

你们说我写得麻烦不

是有点

我为什么会生在医院

为什么不生在一个蛋壳里

多暖和啊

为什么打针可以治病

这个我知道，里面的药水钻进身体

听懂没

谁没听懂呀

真是的。你知道我小时候打针有多痛苦

我的心像蛋壳一样碎了

妈妈，你还会生下另一个我吗

第十首诗

一首诗

两首诗

三首诗

四五六七八九

第十首诗就是写不出来

我想啊想，想啊想

没想出来

我放弃了

因为我写第一行的时候已经睡着了

用前面九首诗当枕头吧

我要做个好梦

当你拥有鲜花时

当你拥有鲜花时

你会得到快乐

就说康乃馨吧

康乃馨是白色的

是为祝福生病的孩子

妇女和老人

就是不给坏人

祝福，祝福……

可怜的人，送他一点鲜花

鲜花无处不在

我去买鲜花啦

不用担心

我不会摘的

我有压岁钱

石头上的石头

大石头上有小石头
小石头上有微小石头
微小石头上有纳米石头

石头上的石头
它在仰望谁
是天上的星星，还是天上的人
爸爸说，天上没有人
地上才有
我想天上可能有神仙
我不知道
到底是谁
是谁呀
在仰望谁呢
——这是别人的事

就现在吧

就现在吧，鸟儿

就现在吧，小狗

大家，现在做梦吧

鸟儿，飞吧

小狗，跑吧

鸟儿在天上飞

小狗在地上跑

换一下

鸟儿在地上跑

小狗在天上飞

再换一下

鸟儿在地上飞

小狗在天上跑

哈哈

其实是我在胡思乱想

在一颗星下

在一颗星下看星星

许个愿吧

闪闪的星星像孩子的眼睛

眼睛像闪闪的星星

有多少个不一样

答：太多了，数不清了

在一颗星下看星星

等于把人间都看清

一起看星星吧

再看一眼

墙上的鱼

墙上没有鱼

我只相信

电影里才会有

还有一种

是在墙上画

有些人就是喜欢恶作剧

最后一种

是贴上去的心情

两个人的秘密

两个人的秘密

就是一个秘密

不是两个

我和他的秘密

别的人永远不知道

我也不会告诉他，和她，还有它

TA是不是用太多了

——只要我喜欢

一个人奇思怪想

一个人奇思怪想

也就是想象

也是乱想

想象不能乱想

乱想就砸了

所以不能乱想

如果乱想

就写不好诗

就是这样

有时候可以

在一棵树下

我在一棵树下干吗？在做什么

在一棵树下干吗？到底干吗

难道在树下数钞票

还是在打牌

通通擦掉

擦掉

别吵了

我很烦

不想写了

突然树上掉了果子哩

我心情好了许多，又可以吃果子了

树飞了起来

——哈哈，这个梦不错

把爸爸的诗重写一遍

把爸爸的诗重写一遍

也许会更好

你知道为什么会更好吗

因为，我和爸爸有基因关系

知道了吗

我问你呢

不是叫你听，是叫你回答

说点别的吧

上次，爸爸写了一首当"1"成为"2"

我说他写得不好

该是当一个人成为两个人

成为三个人

但，爸爸说已经晚了

已经成书了

那本书名叫《亲爱的世界》

妈妈就喜欢那本书里面的一首：亲爱的世界

好温暖的书啊

在一颗星上

我写了两首诗

在一颗星下，在一颗星上

你知道，我为什么先写下

再写上

因为我现在想在一颗星上

——一个人不可能在星上

如果能在天上看景色

真是太好了

我要试一试

奔上天

走到草尖上去

一个人如果要走到草尖上去

就得变成一只昆虫

人不是低级的昆虫

所以，人不能走到草尖上

草的生命很顽强

不怕火

如果被烧了

明年还会长

我们要向小草学习

它有顽强的生命！我的意思是

从起点到终点

人就可以走到草尖上去

走到草尖上去

是成功的目标点

要记住这个字很重要

可别忘了哟

下面还有

请看：其实人也可以

只有一种

是小人国里的

非洲

村

乡

县

省

国

洲

地球

一地球

七大洲

二百国

几个县乡村

七大洲分为亚洲、非洲、美洲……

有人看过《非洲三万里》吗

我家正有

这是一个阿姨写的

说非洲吧

非洲第二大，亚洲第一大

非洲又叫阿非利加洲

非洲是它的简称

非洲有黑种人

一个人只是它的一根羽毛

两个人只是它的两根羽毛

三个人就是一个家

家比非洲还温暖

地图上找得到

错觉

是不是有错觉

有一种古怪的感觉

错觉去哪儿了

它消失在太空里

永远消失不见

就像挖宝藏

错觉回不了家

它的家是我的脑袋

它离开了家

就像叶子踏着树的路程

远走高飞

谢谢你

谢谢你给我的爱

小狗汪汪汪是说谢谢你

老牛流眼泪是说谢谢你

蚂蚁在叶子上咬三个洞

相当于写信给你，也是谢谢你

谢谢你的句了很多

比方说谢谢你的关心

等等

所有东西都会说谢谢你

有些写信

那是行动上的表达

像蚂蚁把叶子记在心里

蚂蚁的旅行

1

小蚂蚁长大

该自己生活了

妈妈对小蚂蚁说，要坚强

妈妈亲了一下小蚂蚁

与此同时，小蚂蚁亲了一下妈妈

妈妈说，妈妈老了，你该自己生活了

小蚂蚁眼泪都流下来了

妈妈想，自己养的孩子

就这么远走高飞了

心都碎了

——再见妈妈

小蚂蚁开始了它的旅行

会发生什么呢

一起去看看吧

2

有个机会让小蚂蚁自己去旅行

小蚂蚁有点不情愿

又觉得可惜

小蚂蚁想，要抓住机会

小蚂蚁开始了它的旅行

旅行途中，会遇到谁呢，请你想一想

小蚂蚁在路上走着走着

碰到了一条河

小蚂蚁想，我得找个方法

小蚂蚁看了看身边的树叶

大声喊，有船了，得救了

我要乘着树叶船去看世界了

3

小蚂蚁孤身出外郊游

忘记回家

自己

孤零零的

是小蚂蚁迷了路

午夜，小蚂蚁越想越害怕

泪如雨下

如果，我是小蚂蚁

我也会泪如雨下

我想再也回不去了

幸好不是

4

蚂蚁的书

比蚂蚁小

蚂蚁比人小……

蚂蚁看的

跟我不一样

不一样的地方是：

一个小的地方，我们觉得太小了

对它来说，巨大

你能想到，蚂蚁从中国到北极吗

我能！

在地图上！

假如我是一只蚂蚁……

我将周游整个世界

土豆的世界

有次去旅行

我见到像土豆的人

心里哈哈大笑

土豆也会走路吗

趁我不注意

偷偷跑去玩

我想

我种的土豆

跑了

土豆的世界

会跟我的一样吧

土豆有眼睛吗

有嘴吗，有屁股吗

我很好奇

嘴巴、眼睛、屁股。无

只有一张我的脸

诗歌碎片

1

我用的每样东西都会叫声主人

世界地图叫我主人

是表示

我的心比世界还大

2

绳子发芽了

在绳子上添棵小草

画画可以符合

实际上，绳子会发芽

那只是一个冷笑话

只是幸运而已

3

书香、花香、香喷喷……

有很多香的词

正在走远

他们还会回来吗

生活单独的世界

多么安静

在暗处

偷偷跑去寻找他

4

巧克力的世界

你想想就会知道

一定很神奇

生命很短

会被化掉吃掉

吃掉是我的事

化掉是太阳的事

5

月光很有营养

我要吃月光

就这样……月光慢慢就被我吃掉

我喜欢月亮

傻傻的样子

马戏团的动物

马戏团的动物有很多

比如大象、小猴、小马……

它们都可以表演

——只要训练它们

就可以表演。我不那么觉得

它们得吃东西

得笑出声来

我觉得人们有点不好

不应该把动物抓回来

如果你是动物

你该怎么办

该怎么办？你得改改人生

虎的眼睛

早晨，老虎的眼睛跟我一样

中午，老虎的眼睛有点变化（开始变绿）

夜晚，老虎的眼睛完全不一样了

像一对绿宝石

能看见所有黑的地方

跟白天看到的一样

如果，我有这双眼睛

一定很严重

一定得去医院

——我又不是老虎

我们人类的眼睛一天到晚都一样

我们的一天只是老虎的白天吗

一起想

一只老龟的梦

会怎么想

一只熊的梦

会怎么想

一把伞的梦

会怎么想

一本书的梦

会怎么想

我尽力想

他们怎么想

也许会有结果

一起想

镜子里有人

我朝镜子里的人动了动，他也向我动了动

这让我感到不可思议

这面镜子有法术吗

让我再次惊奇的是

镜子里的人老是学我

只有走开

他才学不了

我就这么做

是不是太残忍了

我的梦

我的梦是想象出来的吗

的确有点

发生的都是不可能的

想象的东西都是不可能的

稍微有点可能的

我觉得

《我的梦》这首诗

可以编首歌唱唱

啦啦啦……

停

月亮的歌声

月亮的书里

藏着月亮的歌声

我拿这本书轻轻一翻

月亮的歌声欢乐起来

书就是歌声的家

歌声的脚走进了书里

她就是书本的主角

月亮的书

月亮的书是有形状的

月亮的书是月亮形的……

月亮的书抄了很多本

开始售卖啦

我这儿正有一本

翻出来一看

发出了光芒

整个房子都闪闪的

我的心中也有光芒

海洋洗澡

海洋洗着澡

她的脚伸得远远的

一边喊着，洗刷刷，洗刷刷

它突然变胖了

出浴的时候

一滴一滴汗滴下来

越擦毛巾越湿

它不管了

它去运动了

一滴滴汗滴下来

它觉得自己变得好快

一封信

一封无名的信
跑到了信箱里
说是要送给我
让我怎么相信
这世界还有关心我的人

雪地里的星星

雪地里的星星
长什么样
是白色的吗

跟雪的颜色一样吧

跟星的形状一样吧

如果是这样

它叫雪星吧

一颗蚂蚁的心

一颗蚂蚁的心

是方的吗

弯的吗

还是圆的

是黑的吗

我不知道

得看它的心情好不好

桥

一条黄河挡住了去路

工人建了一座桥

黄河就挡不住了

一座不论大小的桥，重要的是

只要能走，就行

微笑

一个冷冷的笑话

会使人微笑吗

一个黑的人

会使人微笑吗

一棵树会微笑吗

镜子会微笑吗

哎

我从来没想过

世上最缺笑

我要多多笑

晚安

父亲

父亲是一个既严厉又温柔的人

他有点奇怪

对了，老爸（父亲）是个诗人

还有件事

我也是个诗人，嘻嘻嘻嘻，嘻……

我猜，父亲一定有很多苦

他的额头告诉我

如果父亲老死了怎么办……

（以前都是父亲在抱我

我也想抱抱父亲，但我是小孩，我怕抱不动）

别想了，烦心

我老死了，是不是也会上天堂

呜呜呜呜

我不想死，父亲也不想死

谁也不想死

我和爸爸是不是已相通

关灯

我从画里跑出来

你知道吗

马里奥从游戏里跑出来

我从画里也跑了出来

画里没了人物

真孤独呀

不，画外还是一张画

天空也是一张画

我也是一张画

一望无际

恐龙骨架

您广大的身体

有六千万岁吧

恐龙骨架

您会哭吗

您会吃肉吧

您怎么不吃我呀

恐龙骨架说

先生，您对我这么尊重

我怎能吃您呢

恐龙说完又睡着了

——下一个谁来提问

谁都有一个钩子

钩子勾住了谁

勾住了大象

勾住了河流

勾住了蓝天……

完了，我也被……被勾住了

想到的东西都被勾住了

我只能到另一个世界

去找另一个我

我姓叶

我姓叶

爸爸姓叶

爷爷姓叶

我们家的男人都姓叶

妈妈

奶奶（姥姥）

曾祖母

她们都不姓叶

而且姓也不一样

这有点……

让我怎么说历史才好

隐形

冰块在水里隐形

"鬼"在哪里都隐形

大家都隐形了

我没隐形

隐形的人都在打我，看不见他们

隐形人走了

我安心了

独自走在马路上

没人管我，走马路真方便

哎呀，是火山喷发

满身都是岩浆

我醒了

原来是场梦

啊！我身上都是妈妈洒的牛奶

愚人节的礼物

一件、两件、三件礼物

为什么我还是不高兴

我生病了吗

我向妈妈尖叫

啊！早上好

（我躲在边上）

为什么都不理我

但是

水里的冰块

太阳的影子

都在祝我节日快乐

我吹了口气

啊！愚人节快乐

我不是愚人

第三辑

我有足够的时间

需要一点时间

我在写诗歌

需要一点时间

我在画天上的太阳

需要一点时间

我在看一条河流去哪里

需要一点时间

我在看手表

也需要一点时间

今天是不是有点短

我想做个新的我

我想做个新的我

不是说

当小狗、小猫、小猪、小羊……

很多很可恶的人

把我说成小猪、小猫……

不知道的人

看到我的诗

也要说一下

我想做个新的我

变成白云、蓝天、彩虹……

反正

我想是什么

就是什么

可是一做作业

就没有那么美

——我还是我吗

河流

A、B、C

代表……

意味着要到对面

意味着要开始

意味着从头上穿过去

它是什么

是一朵路过的云

还是一支停泊的笔

不是月亮的后背

它是……

河流

在风的世界里

风里有门

有垃圾

甚至冷风和热风

无论，什么都有

只要你想象

想象在风的世界里

一天

从早到晚

从一天到一年

从生到死

人类的将来

就是回想晚年

安心吧

天上的人们

变

我变成爸爸

就长大了

我是男士

我要当爸爸了，我真苦

如果现在我是爸爸

我要变回去

回到青春世界里

做个小孩

下一刻

下一秒

下一分钟

下一刻

以及下一时

下一秒牛奶店爆炸了

下一分钟水停了

下一刻火山喷发了

下一时世界末日

离远点好

我的时间，不用计算

铅笔在慢慢变短

我越来越像爸爸，在慢慢长大

小河越来越像身边的大河，也在长大

时间慢慢逃走

生命也越来越短

直到死亡

——那就重新开始吧

节日诗

今天是儿童节

写儿童节诗

今天是教师节

写教师节诗

今天是圣诞节

写圣诞节诗

我就是这样

什么节写什么诗

今天我要写儿童诗

（请看下面）

儿童节

叶子曰

六一儿童节

我们最快乐的节日……

6.1

我就是这样写

有意见吗

没有

这只是个故事

儿童们节日快乐

我也快乐

明年见

孤岛

我漂到了一座孤岛上

如果

我来到岛上

它就不叫孤岛

我在上面写了：SOS

时间长了

没人找到我

我就对这座岛很熟悉

突然一阵枪声

是海盗

我被海盗当作了奴隶

从此海盗就是我了

我学会了一首海盗之歌

海盗，海盗

不可阻挡

我们寻找宝藏

啦啦啦啦，宝藏找到了……

我有足够的时间

我有足够的时间去想

想出时间来

这样就有时间去写诗

我还要用足够的时间去送信

去捕鱼

是的，我写诗要时间

我送信要时间

我捕鱼要时间

我要回到时间的过去

道歉信

我要向镜子道歉

为什么镜子也向我道歉

我要向白纸道歉

是我把它的脸毁容

我要向彩虹道歉

来不及和它握握手

我要向蚂蚁道歉

和它约会（竟然擦肩而过）

世界那么大

出门前要考虑清楚

星星突然熄灭

星星熄灭了

夜晚就一片漆黑

黑得让人恐怖

有一次，我在黑夜

星星突然灭了

我万万没想到这点

哦，这是我的生日

是星星在祝贺我生日快乐吗

我的世界不孤独

自己的世界当然是孤独的

怎么不孤独呢

因为说了一句话：

在我的写作世界里，别人都是次要的

石头会不会孤独呢

石头上面还有石头

山会不会孤独呢

我比山高

向日葵会不会孤独呢

向日葵会和更多的向日葵在一起

问问他们吧

天上掉下来的东西

大上掉下米的东西

会是什么呢

是灯的光

还是太阳的汗水

月亮的心事

哦，都不是

而是充满爱的心

——人间一片温暖

从窗口看出去

从窗口看出去

就像从一个小世界到一个大世界

哦看，这是什么

一棵树问

是灿烂的阳光

还是知了的歌声

我们的一切好像都没发生过

屋顶上

屋顶上是个大世界

无边无际

可以看到飞机

可以看到小鸟

可以看到大树的落叶

它们都在飞

谈论着去年的比赛

我还是觉得家比较温暖

没时间了

我想做一片叶子

我想做一条鱼

我想做

不管怎么说

已经没时间了

不过，我还有点信心

变成一个老人

对面有什么

对面有什么

是眼里的泪水

还是蓝鲸的眼睛

哦，都不是

而是我

我要把世界拉进有爱的心里

出个题目

出个题目吧

《和月亮握手》

《不行》

《好》

《好？》我说

那你写这首吧

我只是说个题目

这是个陷阱啊

现代

新鲜的空气

宽大的城市

美好的人间啊

我来到现代

就要长出一对翅膀

独自的世界

没有任何声响

世界已经成为汪洋

没有任何动物

它们已搬家

搬到了天堂

人们也是

没了欢笑

没了悲哀

——返回

长大的感觉

每天每夜都过去了

我又长大了一些

还会见到以前的我吗

不管了

说后面吧

我知道了长大的感觉

那做老人的感觉是什么样的呢

百年

这里已经成了一片草原

我平静地躺在那儿

还记得吗

以前

这里是匈奴统治的社会

现在如此平安

什么都会改变

呼唤时间

一个蛋壳裂开了

就在那一秒钟

时间不像相机

不能回复

做时间的孩子吧

有了时间

人生的错误

可以重来

谈话

两个乞丐正在谈话

"之前的失败……是成功的缘由。"

"唉，做到了现在的地步，得叹气几声。"

两个乞丐各自瞅了一眼

想未来会不会成为富翁

只有想象

才会

时间如火车

人生就像一分钟一样快

不知道星星长什么样

就走了

也不知道我的心怎么样

不知不觉地

死了

"时间过得真快。"

我自言自语

等落叶的老人

落叶，你也是老人吧

我的生命也像你一样

飘飘摇摇落了地

我们的老和你一样

我们在玩耍

你也让大树抚摸

突然摸到你的腋窝

可是，我已成为老人

只能让大树陪伴

你是大树上的一片叶子

飘落在我的脚上

永远

期盼的人

一家人拥抱在一起

如同三块扁扁的鸡腿

只有几双盼望的眼睛

渴望天上的人

一点

一点

变得越来越小

看着自己的手指

时间越飞就越快

几颗流星在我们眼里闪过

上面已经有了别人的脸

忘记

过去的时间

付出的努力

还在吗

我们是三根铁管

密密地连在一起

可是

这……这在证明

忘记了拿走你的记忆

只是先让你记住

就会忘记

一家人的

心

离得越来越远

离开了

过去的新年

人们沉迷在蛋壳中

思考去年过年的时候

他们的世界

在唰唰闪去

又从这个世界跳到另一个空间

刚刚

空白一片

只有当蛋壳破碎

才有希望爬出来

最后的世界

正在结束

不

这只是个开始

世界

世界儿数的黑点连在一起
就有了更好的它
恐龙灭绝之后
他们才出生
它成了唯一
伴在人心
最柔软的地方

羽毛

羽毛——
鸟一声悲痛

羽毛对鸟有多重要

正在这时

天空中出现了晚霞

整个世界的事被抛弃在蓝天里（虽说世界时间不

一样）

这件事谁都忘了

只是对面有一个人在看

人类需要阳光

荒废一片

从此没有阳光

也没有黑暗

在一个蛋壳里

人在里面一直奔跑着

去寻找阳光

蓝天白云

一声惨叫
它闭上了眼睛
又从世界上过去了一个生命
只在蓝天里
但是
不能飞翔
只能躲在天边的白云里
抬头看看
蓝天里出现的
是白云
在蓝天里住下

照片

照片里留着什么
是……
妈妈的眼神
还是……
爸爸的目光
都不对
而是家人的一颗心
藏在相框里

大象化石

一个沉重的脚印
一声巨响
会不会是地震了，或者一万年后
我被震动了

第四辑

做时间的孩子

世界上只有两个人

世界上只有两个人，我与你

现在是多么的安静

我在山上吼一声——

回来——

做时间的孩子

时间多么宝贵

做时间的孩子多好

我这正有一个时间和孩子的故事

长大的到来

做一匹野马

在奔跑

做一只孔雀

在炫耀

做一只青蛙的孩子

找妈妈

意味着长大的到来

无人知

设想一个世界

设想一个世界

要多久

回想一场梦

要多久

回想以前

要多久

回想后悔的话

要多久

妈妈的情人节

甜言蜜语都让爸爸说完了

我只能把小情人送给妈妈

妈妈会有一种温暖的感觉

会感动

一家人

就像三棵树

紧紧地紧紧地靠在一起

做一匹野马

奔跑的乐趣是野马的

游泳的乐趣是鱼儿的

吃食草恐龙的乐趣是食肉恐龙的

我们的乐趣是跑、游、吃

我们比它们厉害

但是"动物"也有思想

悠悠

悠悠在哪

这么悠闲

不知哪儿冒出一个大汉

在跑

还喊

路过

路过泉水

路过山野

路过我的小时候

古老

比古老再古老

世界已经陷入海洋

古老的历史

就那么小

小成了石头的裂缝

小成了甲骨文

小成了爷爷的一根白发

今天

海洋升了起来

就像喜马拉雅山形成的过程

变成新的世界

但是我已不存在

看山记

我在大山里

单独一个人

因为世界上只有我这个人

动物也灭绝了

只有植物、我和留下的东西

非常寂寞

我有很多不祥的预感

忽然，一阵非常大的声音……

让我心惊肉跳

哦，是我的心跳

看水记

水能吃月亮

什么都能吃

它变成了一个神奇的世界

看云记

云会走路

在天上走

走遍世界

但它们总是一群群

变成温暖的陌生人

看书记

我看了书

才会写诗

我觉得书就是个天才

和我一样

但是书已走了

奔向它自己的梦想

我的梦想也"毁容"了……

"教书先生"抱着书本

就像抱着自己

翻开身体

寻找新的内容

我流下了泪水

他忍心

剖开自己吗……

挖土记

越挖越深

越来越近

它就在眼前

不管是太阳的手

还是月亮的头发

它还在我的世界里

走过的羊肠小道

一根绳子的细

和一条肠子

没区别

忘记

一切都没有回来

老头没了老伴

只留下了一个小小的记号……

在心里

旅行

写作就是一次旅行

就像现在的写作

发生在……

但是

活着的一切都会死去

镜子吓跑了"鬼"

爱美的人爱照镜子

可是

她们越来越丑

总有一天自己会吓跑自己

如果"鬼"也爱美

长得一天比一天丑

就会遇上同样的遭遇

有些"鬼"很笨

笨到极点

笨到把自己当人来对待

就有这种"鬼"

这种"鬼"来到我家

看到了自己

妈妈，"鬼"呀

奇怪的童年

童年根本不是童年

而是可怕的作业

压根是奇怪的童年

作业是乞丐就好了

流放出去

我空得像个蛋壳

意思

后悔

驷马难追

怒气

怒气冲冲

假装

假仁假义

珍惜

价值连城

就这么简单

台风

它抓不到

一只青蛙说

它的速度

老虎也会被刺死

海是有声音的

老鼠挠了挠头

转了几圈

世界没了

独坐

无叶之树

老渔夫在湖边独坐

这个孤老

无助地流泪

这棵无叶之树陪伴着他

无声，还是无声

只是微微颤抖一下

是此时，还是过去……

失物认领

冷风

吹到了大街上

走丢了一棵小苗

男孩摸到了冷风

抓到了小苗

也算是失物认领了吧

山上

我往山下看

好像我整个人都在山下

白云被我摘了一朵

上山是登向梦想的开始

我走到了山顶

我比山高

现在我才知道，世界那么大

当然，我的梦想才真正开始

在土的世界里

在土的世界里

人有空气吗

是死的

还是活的

某人说

大树生长在土里

有生命

就是不会动

不会……

鸟飞过山岗

飞过山岗

飞过大树

飞过太阳的一丝

它是一只孔雀

是一只老鹰

还是月亮的后背

会跳舞

会飞

会是外星人

他就是……

未来的我

过渡得快了点

老人

过渡得太快了吧

转眼间

儿童、少年、成人、老人、死亡……

如果这样

转眼间

变成婴儿

第五辑

自然的暗示

三根木棒

第一根木棒不禁流下了眼泪

慢慢地

另一根木棒

也跟了过来

紧紧地抱在一起

不久

生了个孩子

那就是我

我有一张白纸

你出生的那一刻

就不再是白纸了

想起以前

在妈妈的肚子里翻滚

出生了

就涂上了颜色

每看到的一点

都是一点知识

以后就会变成一张黑纸

但

花谢了

又变成了一张白纸

哥哥的脚步

我跟着哥哥的每一个脚步

也就成长了一步

闻着哥哥的气息

就长大了一些

如果没有了他，生活也不会那么精彩

孤独

躺在世界的角落

白云吃风筝

我的手一松

把他那漂亮的风筝放到了天空

白云一瞧

"多么可爱的风筝!"

把它的伙伴召集过来

怎样处理它呢

"把它吃掉吧!说不定可以美容呢?"

"好主意!"

白云围上来

把风筝包得结结实实

一起分享美味的午餐吧

下午还要写诗

乌鸦的悲叫

1

一只乌鸦正在悲叫

它在呼唤谁

难道是想回到青春

后悔了

还是因为没有妻子

而孤单

这是乌鸦的事

如果我变成了那只乌鸦

才能知道

乌鸦的痛苦

2

是谁在哀叫

是因为没有

伙伴

而孤单

在世界的角落

哭泣

还是……

因为

和父母吵架

而伤心后悔

如果我能变成他

换个身份

才可以

知道

对方的心事

停电

一切都在黑暗中发生

一只蜘蛛从墙角爬过

留下了"沙沙"的声音

房主已在睡梦中

心里也有些不安

手臂微微颤抖了一下

水从窗上流下来

仿佛

一只怪兽正在盯着房主

流着口水

一个晚上过去了

但是

房子里还是冷飕飕的

虽然已经重见光明

电依然停着

这个早晨很安静

昨晚的惊恐还是忘不了

让小区不再停电吧

房主默默念道

如果有更好的办法

人都能团结的话

世界会被打动

地球会被照亮

河流和泪水

哗——哗——嘀——嘀

原来是河流像眼泪流淌下来

两者之间还是差了一段

河流抛向大海

有了丰富的理想

而眼泪呢

有一种感情穿过心

由爱、伤心、高兴组成

要学习河流呢，还是眼泪

山谷

这不是故乡的山谷

没有一丝光芒

只有一片阴暗

没有熟悉的气息

我

想念家乡的山谷

那一草一木

都美丽

和家人在一起

我的心被感动了

想起了小时候

回到了那时

我也满足了

在沙滩上

在沙滩上

有一个巨大的脚印

但

又不是

奇特的是

好像添上了驴的、羊的、马的、牛的

难道是四不像的

奇怪呀

我给爸妈看

给村里人看

都在感叹

这会不会成为神话

"还是把心思放在玩沙子上吧。"

我继续想

高山

眼前出现又一座高山

挺拔在那里

像草原的士兵一样直

远处又是一座山

它们是不是想在一起玩耍

高山向它呼唤

和它谈话

慢慢地、慢慢地

越来越近

最后

连在了一起

成了夫妻

成了一座更大的山

河流和高山

看那山脚下的河流

山和河流连在一起

一种自然现象

但是

它们为什么要在一起呢

是太孤独了吗

一起玩耍

时间久了

两人的情深了

成了夫妻

人们看上去

一座挺拔的高山

一条汹涌的河流

自然的暗示

一个人走过草堆

把它踩坏了

那个人继续走

走过田地

把它踩坏了

那人一绊

掉下悬崖

看见一条绳子

抓住它

无情的绳子一断

那人掉下悬崖

才意识到

自然的暗示

蚂蚁回到故乡

一只蚂蚁

经过草丛

路过叶子

走过大树

到好玩的地方吗

在宽阔的草原吗

不

让我告诉你吧

是自己最香最甜美的故乡

故乡啊

蛋壳里的秘密

1

蛋壳里有个秘密

一个新生命的存在

不管它是什么

我都相信

这个新生命

是我在原野上捡到的

如果没有爸妈

会有多痛苦

这是老天给我的礼物

让我知道

蛋壳的秘密

2

会从蛋壳里出来一个祖先吗
啪，蛋壳碎了
出来了一个小盘古
蛋壳也许是空的
会像抽奖一样
会想象的人会得到

接下来，谈点什么呢

我们谈点酒
一想到酒
就想到醉醺醺的李白
你看
他的"将进酒"
又是关于酒的作品

曾经有多少人写过酒

喝酒

让人大喊一声

沙滩的秘密

海水一冲

沙滩的秘密不见了

到水里了

难道是一个宝藏

嗯

是一个贝壳

不对

都不对

原来是我的脚印啊

我解开了沙滩的秘密

第六辑

早先生的野餐

怀古

怀念古时候

当一个考古学家

想起我们认识的秦始皇

他有多少谜团

如果回到古时候

考察事情

看到真相

秦始皇不一定叫嬴政

都是往事

都是往事了

一个孩子在路边撒尿

在山顶尖叫

一个老人嗑着瓜子

在看电视

都是往事了

在往事中

纵身一跃

纵身一跃

跳过地球

纵身一跃

跳过年龄

不管怎么跳

还是那句话

"纵身一跃"

长大了的我

五年前

我只是个五岁的小屁孩

不过

现在

我不是以前的我了

是一个讨价还价的淘气孩子

不一样

问题是

我如果不是我怎么办?

父亲的照片

虽然在远方

但是

心里的话还是连成了一排

我也跳进了照片里

多想亲亲他

他像刺的胡子扎到了我

还是温暖的感觉

我走到了照片前

听到了

他叫我的名字

离别

和父母离别

在泉边的离别

抛弃了我

留下一封信

里面有几张照片

小时候的照片

有妈妈

一看到照片

眼泪"嗒嗒"滴下来

——也许是我长大了吧

老树叶

也像我那样吧

老树叶

我还年轻

听见嘻哈声

再也听不见

老树叶的声音

留在地上

已经变成落叶

几天后

有个小孩把他带回家

成为书签

留言

要面对死

留下留言

老祖宗的话

一代一代传下来

在我奄奄一息时

我也留下话

也会传下来吗

留言说

再见，世界

娄烦古城

没有什么特殊

旁边全是野草

继续向上走

在细缝中找到蝎子

有树的尖刺

往我身上扎

最后找到娄烦王

和他合影

那会有什么奇珍异宝

只有云母石

让我欢喜

不要小看古城

有你想不到的

城墙埋在地下

我们走在上面

以后的人

也会把我们记住吗

记忆中的水

1

水溅到眼里

会闭上眼睛

闭上眼睛记忆

思考水的事

是在那一秒发生的

记忆里发生的事

或许

自己也不知道

因为时间太短暂

到了老年

想回到青春

在记忆中

找出记忆中的那滴水

2

到了中年

记忆慢慢退化

儿童时期

一件小事

和朋友同学玩耍

他刚刚洗完手

要把水摔下来

溅到我脸上

又到了中午

什么事都忘了

不用担心

只要拼起记忆碎片

时间倒流

拼起那滴一点点的水

3

古人回忆起水

有了酒味

忍不住了

就要写出快要爆炸的诗

这是记忆水引起的

昏迷了古人

因为以前

水也是女人

记忆中的水

也是记忆中的女人

所以昏迷了

荒地

在这片荒地

有一些碎片

不动的狼的皮、人的碎骨头

甚至一些粪便

活着的动物很少了

没人看管

那里已经全干了

意外的是

我来了以后

却下了一场雨

然后，长出了花

那是地上原来的落叶

文字如兵马

笔一挥

千军万马就来了

那就是

——文字

就像我现在一样

是在这一秒

这一刻之间

因为

文字可以激怒人

那是危险的

会被砍头

刀在脖子后面

不祥的预感

随时"咔嚓"

不像我手上刀形状的笔

也在杀词语

有几个刺

割到喉咙

中心的位置

就是诗歌的思想

文字如兵马，兵马已变成了兵马俑

废弃的车站

这里只有一个人

推动着轮子

这里已经废弃

遗忘在这个地方

只有两米

这个人

只在夜晚行动

打算着

天一亮

躺在小推车里

用捡来的被子盖住自己

做着白日梦

在叹气

想起以前的历史

——已经是个老人

早先生的野餐

一打开箱子

浓浓的气味

喷香

喷香

该享受午餐了

毯子、食物

都准备齐了

为什么是他一个人吃

看见小鸟朋友

邀请它来共进午餐

一张张邀请函飞了出去

整个林子的动物

都觅食去了

那、那就午安吧

下雨

雨落在地上

暗示着暴雨的来临

刚"漏"出彩虹

大家伙又来了

一直这样下去

得不到光明

落在大地上

得到一株小草

和它的晃动

爸爸的好意

他不想让我受伤

他很温柔

在沉睡中

和妈妈争吵

护住了我

可惜

他老去了

在回忆里

回忆吧

想法

1

闭上眼思考

过去的事

爷爷的爷爷

过世了

像一个灵魂在走

那只狼的出现

消失的影子

在土里的那块

石头

2

天上的鸟

在那一秒钟飞去

没有声音

闭上眼

感受

心里刺激了一下

一个人在呼唤什么

3

庄周梦蝶

在梦里

有人在叫唤

如果闭眼

让你更清楚

——惊醒

晃动（像古人一样）

1

在无名指和中指之间

晃动

那是串珍珠

想一想

上面造出的那个人

那只辛苦的手

在上面挂铜币

一把刀

了解古人

2

催眠师

把你带到

另一个世界

醒来

迷迷糊糊

似乎灵魂不见了

一滴水滴下

转动眼睛

变成睡美人

一直晃动着

3

梦游

在另一世界

一个灵魂跑出去

被人发现

回到体内

消失

眼前

有着晃动的

手指

第七辑

时间流程

一切

神灵用手指着

一切消失

一切幸福

在手上

控制着

草的倾斜

地的晃动

一个生命的出生

就叫

一切

同一个世界

没有相同的人

时间变化

也许天地在改变

只是

他们在同个世界

同 个世界

人有生老病死

不得改动

灵魂在飘

因为它们离开世界

在迷糊的天空

消失

箭

一下射过去

稳稳地插下去

晃几下

那最后的惨叫

布满全身

一点痕迹

如果历史有一点改动

我们不存在

看看墙角的痕迹

发现历史

可能消失了

什么都没有了

画着一个圈

给后人

一点指示

或者牢狱

场面

人群分散

代表人心散去

在白茫茫之中

拥挤

趴在墙角

被孤立

消失了

没有再找回来

尘土要长出尘土

流泪

那滴泪水

滚动着

从眼睛

到地上

经历了许多

回想当天的离去

发出光芒

哦，最后一次拥抱

圣诞节

传话的那片雪地

一个神奇的老人

住在那里

已白发苍苍

他的内心是柔软的

是孩子

在深夜的一个角落

静静的

他应该

会抚摸孩子

把被子盖到他们的脖子

轻手轻脚

踮着地

留下孩子想要的

礼物

给孩子

一个美好的梦

然后跳上他的座位

让鹿奔跑到另一个孩子的家

他总笑着

最明显

是他的白胡子

礼物在专门的袜子里

人们闭上眼

沉睡着

梦里的老人总是这么笑着

第二天

我在床上捡到

一根白胡子

竹子

世人都要竹子

想要有节操

宁可食无肉

不可居无竹

梅花、竹子

养些动物

这是

千古文人梦

陶渊明

也在文章中

体会过

当那片

梅花落下

艺术

每个字都是艺术

句子

只是文字凑起来的

文章是一些

句子凑成的

什么都是艺术

不要到绕不出的圈子里

所以人生

非常短暂

做出每一个不同的动作

每一个孩子的出生

都是艺术家

前10年的天赋

都积在一起
以后才会有文化
才会得到自己想要的东西
艺术品
只是
孩子的背面

冬天的羽绒服

天空出现一道光
等他散开
变成了一件
为大地保暖的羽绒服
飘着一阵
小孩子的欢笑

眼睛

那含着泪水的

眼睛

离别的哀痛

难道是死去吗

还是存活下来

残暴的心灵

也有感情

何况普通人

眼里残留着

泪水

人间是贫苦的

只有

无法逃脱的事实

小说是编的

流着泪的

真实情感

在人的心中

光

它从黑夜

钻出头来

它在汽车上

跳舞

在手电筒中

晃动

在舞台上大显身手

积累着旅行的次数

它绽放出来

变成太阳的一部分

黑影

那是谁

一个黑影

从我的身边窜过

我马上闭上眼

黑影还在那儿

我走着

淋着雨

摸着前面的路

一场奇思妙想

对，一场奇思妙想

摔下了崖谷

诱惑

心里的思考

决定了方向

美食

是欲望

一包一包

挂在那的

正盯着你

你的心

和它

有了联系

美食的欲望

重逢

在岛上

相遇了

又有多少话

没说出来

可怎么重逢

是海里的泪水

重逢吧

是时间

是海洋

时间的海洋

光明

外面的光亮

在你眼中只是一丝线

但这是别人的欲望

其实没有光明和黑暗

这世界都是

为了自己好

而区分的

只是两个阵营的人

没必要残杀

在世界上

和平只是光明

和黑暗的目标

所以

剧本是失败的

古老的笔盒

这是

记忆的一部分

从一年级开始

第一支铅笔

写下的

第一个字的

迹

保留在哪儿

还是那么幼稚

古老的字迹

人们看不到

但它确实存在

忧伤

忧伤
总在一刻间荡漾着
时间和热血积蓄着
死去的神灵也在对话

手指

从本质上
开始搜索
才能知道事实
失去了他
少了人的一部分

战争

战争

是一种

以小变大的游戏

但这是生命的游戏

失去和补充

生与败

自古以来

史前

人们就磨刀霍霍

造出木刀

成了铁锤

造出更锋利的刀

有了火

在火中烧

对付野兽

一步步逼近

然后冲上前去

从他们到我们

一段时间

我们到后人

成为历史

漫长时光

正在推进

时钟

时间在流逝

有些人在成长

而有些人在

变老

过去的时间

不见了

嘀嗒

嘀嗒

血液在流淌

笔

一个能写出

字迹的东西

和我写的字一样

现在有

蓝黑红黄……

字

成为书里的一个

书是

一个字

一个字

组成的

从清晰到消失

是过程

笔是手造出来的

写出字

有了百年

有了历史

阳光

照耀着大地

滋润生物

一切在复苏中

进行

阴和阳

日和月

是个改变

夜晚三更

天还一样

五时

鸡起晚

叫了

迷蒙

七点

阳光照下来

唤醒

一切柔和

一天逝去

每一天

奇特

晚

时间嘀嗒一下

过去了

是谁收走了

太阳

月亮释放了太阳

循环着

人生循环着

雨

它一下来

世界就乱了

——就像

一件事情突然发生

不过

安静

因为人们

关注的是

那道彩虹

与成功一样

落日

落日

是一天的结束

也是一天又要开始

入睡在梦中

人在期望

可是明天开始

又是劳累的

落日

落下来

黑暗

一个摸不清的地方

也是可怕的地方

希望得到光明

那一丝希望

阳光

也在追求

化石

恐龙灭绝

成为化石

谁知道在哪些地方

还有恐龙

不一定

化石是有的

恐龙走过的尘埃

也是化石

化石

在不起眼的地方

时间流程

古代到当代

时间和过程

经过不一样的发展

进度

永远会向前

都是科学家

也有进步

也有恐惧